Christoph-Maria Liegener

Narkolepsie

Roman

Herstellung und Verlag:
BoD – Books on Demand, Norderstedt
Cover-Bild: Shutterstock

ISBN:
9783754315019

Inhalt

Vorwort

Dies ist ein Roman. Das bedeutet, dass der Text nicht die Realität beschreibt. Das Krankheitsbild einer Narkolepsie wird nicht objektiv dokumentiert, sondern frei abgewandelt. Der Name der Krankheit wird nur als Bezeichnung für ein Phänomen genommen, das es in Wirklichkeit nicht gibt. Damit soll die reale Krankheit nicht verharmlost werden. Die reale Krankheit ist nicht Gegenstand des Romans. Im Gegenteil sei betont, dass sowohl die Personen dieser Geschichte als auch das Krankheitsbild frei erfunden sind.

Christoph-Maria Liegener

Einschlafen bei Stress

Ungünstiger Zeitpunkt! Leonhard stand mitten in seiner mündlichen Diplom-Prüfung, als er einschlief. Seine Krankheit war bekannt: Narkolepsie. Die Schlafattacken kamen häufig und besonders dann, wenn er sich aufregte – also jetzt! Er hatte sich ein ärztliches Attest besorgt, um sich dafür entschuldigen zu können.

Nun war er also eingeschlafen. Leonhard verlor jedoch nicht einfach das Bewusstsein, sondern tauchte ab in eine andere Welt. Diese andere Welt hatte er mittlerweile kennengelernt und sie glich einer mittelalterlichen Fantasiewelt mit Burgen, Drachen, Rittern usw.

Jetzt gerade trug er eine Ritterrüstung und stand einem Drachen gegenüber. Zu blöd, wenn man einfach so in eine Situation hineingeworfen wird! Keine Zeit, sich irgendwie darauf vorzubereiten. Er konnte gerade noch den Schild hochreißen, bevor ihn der Feuerstrahl des Drachen traf. Zwar erschrak er, aber er hielt stand.

Für die normale Welt schien er zu schlafen, während er in der anderen Welt um sein Leben kämpfte.

Er kletterte über die Felsen und sprang von oben auf den Drachen, wurde von diesem jedoch abgeschüttelt, so dass er hart auf den Steinen aufschlug. Er rappelte sich wieder auf und griff erneut an und nochmals und nochmals, wehrte wieder und wieder einen Feuerstoß ab, konnte sogar einen Hieb mit seinem Schwert auf das Bein des Drachen landen, bevor der Schwanz ihn erwischte und viele Meter weit wegschleuderte. Dann ein neuer Feuerstoß.

Er hielt inne. Eine große Schwäche durchrieselte ihn. Seine Zuversicht wankte. Er würde mit seinen Kräften haushalten müssen, wenn er nicht zusammenbrechen wollte. Im direkten Kampf konnte er gegen den Drachen nicht bestehen. Zunächst brauchte er Zeit. Er wandte sich zur Flucht und gewann schnell einen Vorsprung, da er das Bein des Drachen verwundet hatte.

Jetzt sah er auch die an den Felsen gekettete verschleierte Jungfrau, die er offenbar retten sollte. Er lief in ihre Richtung. Dort würde er sich ein letztes Mal dem Drachen stellen. Wenn er vor ihr stand, würde der Drache sicher kein Feuer mehr speien. Er würde doch seine Beute nicht grillen wollen! Aber wer weiß schon, was Drachen mit den Jungfrauen machen, die ihnen geopfert werden. Vielleicht fressen sie sie auf und grillen sie vorher! Dann hätte der Drache keine Hemmungen, Feuer zu speien und Leonhard hätte Pech gehabt. Er glaubte jedoch eher, dass die Drachen die Prinzessinnen zu ihrem Vergnügen gefangen hielten wie Haustiere. Was sie wirklich wollten, würde er nie erfahren, weil die Jungfrauen regelmäßig gerettet wurden.

Plötzlich sah Leonhard eine Felsspalte sich quer über den Weg ziehen. Statt darüber zu springen, sprang er hinein. Er fand Halt knapp unter der Oberkante und wartete auf den Drachen. Als dieser über die Spalte kroch, rammte Leonhard ihm sein Schwert in den Leib.

Wieder und wieder.

Jetzt wand sich der Drache in Schmerzen. Sein Blut strömte in die Spalte und besudelte Leonhard von Kopf bis Fuß. Dieser erinnerte sich an die alten Sagen, dass Drachenblut unverwundbar machen solle und fragte sich, ob wohl etwas daran sei. Dann kletterte er aus seinem Versteck und versetzte dem Drachen den Todesstoß ins Herz.

Auch seine Lippen waren mit Drachenblut benetzt worden. Er schmeckte es und konnte dadurch die Stimmen der Tiere verstehen. Ein Vögelchen zwitscherte:

„Gut gemacht, Leonhard! Mein Rat für deine Zukunft: Suche das Einhorn! Wenn du es findest, wird alles gut."

Leonhard bedankte sich bei dem Vögelchen und befreite die Jungfrau. Vorsichtig führte er sie aus der Höhle. Draußen wartete bereits der Zauberer des Königs mit seinem Gefolge. Die Gefahr war vorüber. Da schlief Leonhard schlagartig ein.

Ja, auch in dieser Welt litt Leonhard an Narkolepsie und wechselte auf diese Weise zwischen den Welten.

Jetzt lag er auf der Krankenstation der Universität und erwachte aus seinem Schlaf. Man kannte sein Leiden bereits und verabschiedete ihn, als er wieder auf den Beinen stand, mit den Worten:

„Bis bald!"

Die Prüfung wiederholte er und bestand sie diesmal mit Bravour.

Er ließ sich von seiner Familie und seinen Freunden feiern und machte sich daran, eine Arbeitsstelle zu suchen. Natürlich musste er seine Narkolepsie in den Bewerbungen erwähnen. Früher oder später würde es sowieso herauskommen und dann wäre es gut, wenn der Arbeitgeber dieses Handicap schon akzeptiert hätte.

Ein großes Industrieunternehmen lud ihn tatsächlich zum Vorstellungsgespräch ein und es kam, wie es kommen musste: Er schlief mitten im Gespräch ein.

Er fand sich in einem Kerker der Königsburg wieder. Dabei hatte er noch Glück im Unglück: Der Kerkermeister erwies sich als freundlich und gesprächig. Er stellte sich als Erwin vor und erzählte ihm, dass er, Leonhard, auf Befehl des Zauberers hier eingekerkert sei. Keiner dürfe zu ihm gelassen werden. Einen Grund konnte er ihm nicht nennen. Er erzählte jedoch, dass der Zauberer ein Held sei, der die Prinzessin vor dem Drachen gerettet habe.

„Aber ich war es, der die Prinzessin gerettet hat!", rief Leonhard.

„Wenn das wahr sein sollte", sinnierte der Kerkermeister, „erklärt das, warum ich dich von allen Mitgefangenen isolieren soll. Der Zauberer versucht demnach, sich mit fremden Federn zu schmücken. So ein Schuft! Ich mochte ihn noch nie. Daher will ich versuchen, dir zu helfen. Ich werde die Prinzessin benachrichtigen, wo du bist."

„Aber der Zauberer wird deine Nachricht abfangen."

„Keine Angst! Ich habe da eine sichere Methode", ermutigte ihn der gutmütige Kerkermeister und ging.

Leonhard schlief ein.

Er befand sich in der Obhut des Betriebsarztes der Firma, bei der er sich beworben hatte. Seine Narkolepsie war aus seinem Bewerbungsschreiben bereits bekannt und er brauchte nicht viel zu erklären.

Er bekam einen starken Kaffee verabreicht und dann wurde das Gespräch fortgesetzt. Es zeigte sich, dass Leonhard wirklich gut war in dem, was er machte, und so bekam er die Stelle trotz seiner Erkrankung, da er hauptsächlich Schreibtischarbeiten zu erledigen haben würde. Und man sagt ja: Der Büroschlaf ist der gesündeste.

Er und die anderen erfolgreichen Mitbewerber und Mitbewerberinnen wurden anschließend in die Cafeteria der Firma eingeladen, um sich als zukünftige Kollegen und Kolleginnen kennenzulernen. Er saß neben einer bezaubernden jungen Frau namens Melania, die ihm durch ihre Haare auffiel. Sie waren schwarz wie Ebenholz. Leonhard fühlte sich an Schneewittchen erinnert. Mit dieser Nachbarin hätte er es besser nicht treffen können. Sie war in seinem Alter, hübsch, klug und vor allem sehr sympathisch. – Oder kam das nur ihm so vor? War es die berühmte Liebe auf den ersten Blick, die ihn erwischt hatte?

Wie dem auch sei, die beiden unterhielten sich angeregt und vergaßen ihre Umgebung völlig. Leonhard erzählte Melania von seiner Narkolepsie und sie fragte, woran es liege, dass er immer wieder einschlafe. Er meinte:

„Wahrscheinlich kommt es daher, dass so viele Talente in mir schlummern. Schläfrigkeit ist ansteckend."

„Haha", lachte Melania höflich über den schlechten Witz, hakte dann aber nach: „Was ist es also?"

Leonhard erklärte:

„Also, soweit ich weiß, fehlt es mir an Hypocretin, welches das Schlafverhalten steuert. Der Mangel an Hypocretin wird wiederum von gewissen T-Lymphozyten verursacht. Warum diese speziellen T-Lymphozyten bei mir vorliegen und bei anderen Menschen nicht, konnte bisher nicht geklärt werden. Es könnte ein einmaliges Ereignis gewesen sein, das dazu geführt hat. Meine Hoffnung ist, dass eines Tages ein entgegengesetztes Ereignis eintritt, das die Bildung dieser speziellen T-Lymphozyten wieder ausschaltet. Das könnte zum Beispiel durch eine Impfung geschehen. Die Forscher sind an der Sache dran."

Melania kommentierte:

„Ich habe nur die Hälfte verstanden, aber ich wünsche dir viel Glück bei dieser Chance."

Es ergab sich ganz von selbst, dass sie gemeinsam die Firma verließen. Leonhard bot Melania an, sie im Auto mitzunehmen. Allerdings wusste sie ja nun von seiner Narkolepsie und gab zu bedenken:

„Darfst du mit deiner Krankheit überhaupt Auto fahren?"

„Als ich meinen Führerschein gemacht habe, hatte ich die Diagnose noch nicht. Insofern kann ich nicht so leicht erwischt werden. Aber ich fürchte, offiziell gesehen dürfte ich nicht fahren."

„Und trotzdem machst du es. Das ist doch unverantwortlich", mokierte sie sich. „Was ist, wenn du beim Fahren einschläfst?"

Er beruhigte sie:

„Wenn ich dann gegen einen Baum pralle, sterbe ich so, wie ich es mir immer gewünscht habe: im Schlaf."

Melania protestierte:

„Und was ist mit mir, wenn ich mitfahre?"

„Keine Sorge! Normalerweise passiert nicht viel. Das Auto rollt einfach nur aus."

Melania lachte. Sie war eher der abenteuerlustige, draufgängerische Typ und nahm Gefahren nicht allzu ernst. Sie rief:

„Verbotene Früchte reizen mich. Ich habe keine Angst. Dann mal los!", und stieg unbekümmert zu Leonhard ins Auto.

Es ging alles gut.

Einschlafen, wenn es am schönsten ist

Indem Leonhard Melania nach Hause brachte, erfuhr er, wo sie wohnte, und sie tauschten ihre Kontaktdaten aus. Sie trennten sich nicht, ohne sich für den nächsten Tag zu verabreden. Leonhard schwebte wie auf Wolken.

Als Leonhard an diesem Abend einschlief, landete er im Kerker der Burg, wo Erwin ihm mitteilte, dass er für ihn tätig geworden wäre. Er hätte mit Hugo vom Küchenpersonal gesprochen und ihn gebeten, eine geschriebene Nachricht ins Essen der Prinzessin zu schmuggeln.

So würde sie zumindest wissen, was aus ihrem Retter geworden wäre.

Beruhigt schlief Leonhard ein.

Er erwachte in seinem Bett. Es war Morgen und er freute sich auf den Nachmittag. Nach der Arbeit traf er sich mit Melania in einem Café. Kaum hatten sie Platz genommen, schlief Leonhard ein.

Schon befand er sich wieder im Kerker.

Erwin hatte Neuigkeiten. Die Prinzessin hatte zurückgeschrieben, dass ihr leidtäte, was geschehen sei, aber sie hätte keine Chance gehabt, es zu verhindern. Der Zauberer hätte sie erpresst. Er hätte damit gedroht, ihren Vater, den König, in eine Kröte zu verwandeln, wenn sie nicht bestätigte, dass er, der Zauberer, den Drachen getötet hätte. Der Zauberer hätte noch hinzugefügt, dass er genug Leute im Palast habe, die den König töten würden, wenn man ihn, den Zauberer, gefangen nehmen würde.

In ihrer Angst hätte die Prinzessin zugestimmt, jetzt aber wolle sie ihren wahren Retter befreien. Sie hätte mit ihrer Zofe gesprochen, die immer wüsste, was zu tun sei.

Die Zofe nahm die Sache in die Hand. Sie kannte viele unter den Bediensteten und sammelte schnell eine schlagkräftige kleine Schar.

So dauerte es nicht lange, bis Getümmel im Kerker entstand. Die Zofe der Prinzessin hatte ihn mit ihren Getreuen gestürmt und befreite Leonhard. Sie brachte ihn in die Gemächer der Prinzessin.

Als Leonhard die Prinzessin jetzt ohne Schleier sah, war er verblüfft. Sie war Melania wie aus dem Gesicht geschnitten! Sie und Melania hätten eineiige Zwillinge sein können. Wie konnte das sein? Der einzige Unterschied zwischen beiden bestand in ihrer Haarfarbe. Im Gegensatz zu Melanias tiefschwarzem Haar besaß die Prinzessin goldblonde Haare. Verwechseln konnte man die beiden nicht.

„Mein Retter!", begrüßte ihn die Prinzessin. „Wie schön, dich wohlbehalten zu sehen!"

„Das Vergnügen ist ganz auf meiner Seite, Prinzessin", antwortete Leonhard und nahm auf dem Stuhl Platz, den sie ihm anbot. Dann schlief er ein.

Man hatte Leonhard in ein Hinterzimmer des Cafés gebracht und auf eine Pritsche gelegt. Als er aufwachte, entschuldigte er sich vielmals und brachte dann Melania nach Hause. Sinnvoller wäre es gewesen, wenn Melania ihn nach Hause gebracht hätte, aber er bestand darauf, den Kavalier zu spielen.

Bei Melania angekommen, besprachen sie den Tag. Leonhard erzählte, dass ein Kollege ihn gefragt hätte, ob er und Melania etwas miteinander hätten. Melania fragte:

„Und was hast du geantwortet?"

„Ich habe gesagt: ‚Was nicht ist, kann ja noch werden.' War das verkehrt?"

„Na, hör mal!", entrüstete sich Melania. „Du kannst doch nicht einfach sagen, dass du dir eine Beziehung mit mir vorstellen könntest!"

„Warum nicht? Wenn es doch so ist."

Melania errötete und verstummte. Leonhard meinte leise:

„Entschuldige, ich wollte dich nicht überfahren. Es ist nur tatsächlich so, dass ich dich sehr mag."

„Ist schon gut. Ich mag dich ja auch."

Sie sahen sie in die Augen und küssten sich zaghaft. Mehr im Augenblick noch nicht.

Dann nahmen sie noch einen Schlummertrunk zu sich – eine schlechte Idee: Leonhard schlief ein.

Er erwachte in einem Himmelbett und die Prinzessin saß am Bettrand. Um sie herum hatten sich die Hofärzte versammelt. Leonhard erklärte ihnen seine Krankheit und wies darauf hin, dass die Sache zwar unangenehm, aber harmlos sei.

Dann fragte er die Prinzessin nach ihrem Namen.

„Bianca", antwortete diese. „Das kommt aus dem Italienischen und bedeutet ‚die Weiße', wenn du es wissen willst."

Und sie lachte. Leonhard stimmte ein und meinte:

„Ein schöner Name! Ich heiße Leonhard. Das bedeutet ‚kühn wie ein Löwe', falls du auch das wissen willst."

Schon wieder wunderte sich Leonhard, diesmal über ihren Namen. Der Name Melania bedeutete doch „die Schwarze". Schwarz und weiß – das konnte doch kein Zufall sein! War Bianca eine blonde Reinkarnation von Melania? Eine Gegenspielerin?

Als Nächstes stellt Bianca ihn ihrem Vater vor, dem König. Gleichzeitig erzählte sie die ganze Geschichte ihrer Rettung und der Erpressung durch den Zauberer. Sie warnte ihren Vater vor dem Zauberer und dessen Helfern.

Der König ließ den Zauberer festnehmen und bat Leonhard, zu seinem Schutz bei ihm zu bleiben. Dann ließ er den Zauberer befragen, wer seine Helfer wären. Dieser weigerte sich zu antworten und drohte abermals, den König zu verzaubern. Man schnitt ihm die Zunge heraus und warf ihn in den Kerker. Wie grausam! Andererseits gab es nun einmal in jener Fantasiewelt die Zauberei und die Leute wussten sich dagegen nicht anders zu helfen. Wenn er nicht mehr sprechen konnte, würde der böse Zauberer auch nicht mehr zaubern können.

Die Gefahr war indes noch nicht vorüber. Zwei der Diener des Königs waren heimliche Gefolgsleute des Zauberers und versuchten, den König zu ermorden, als er auf seinem Thron saß.

Leonhard, der dem König zur Seite stand, konnte den einen packen und den Dolchstoß des anderen mit seinem Körper auffangen. Der Dolch prallte von seinem Rücken ab und fiel zu Boden. Die Legende von der Unverwundbarkeit nach einem Bad in Drachenblut schien wohl doch wahr zu sein! Inzwischen waren weitere Diener herbeigeeilt und konnten die beiden Übeltäter überwältigen und festnehmen.

Als Dank für die Rettung seiner Tochter und seines eigenen Lebens bot der König Leonhard Bianca zur Frau an. Das Angebot war großzügig und konnte natürlich nicht ausgeschlagen werden. Das hätte keiner gewagt. Leonhard hätte zwar lieber Melania geheiratet, aber er sagte sich, dass das kein Widerspruch sei, wenn beide offenbar verschiedene Erscheinungsformen ein- und derselben Person in zwei verschiedenen Welten waren.

Er stimmte also dankend zu und schlief ein.

Er befand sich wieder bei Melania und sah auf die Uhr: höchste Zeit. Er hatte einen Termin bei seinem Arzt und musste sich beeilen.

Gerade noch rechtzeitig kam er dort an. Der Arzt teilte ihm mit, dass er einen neuartigen Impfstoff besorgt hätte, der einen Mechanismus in Gang setzen sollte, durch den die Zahl der speziellen T-Lymphozyten reduziert werden würde, die für seine Krankheit verantwortlich waren. Die Wirkung könne sich eine Weile verzögern, aber wenn der Impfstoff bei ihm anschlüge, wäre er das Problem der Narkolepsie endgültig los.

Leonhard freute sich und ließ sich die Injektion setzen.

Wieder bei Melania, erzählte er ihr die guten Neuigkeiten und sie feierten. Danach sprachen sie über die Arbeit.

Dabei machten sie sich über ihren Abteilungsleiter, Herrn Marankowitz, lustig. Irgendwie musste er Melania geärgert haben; denn Melania schlug vor, es ihm heimzuzahlen. Sie würde am nächsten Tag laut losschreien, wenn er in ihrer Nähe stünde, und behaupten, dass Herr Marankowitz sie unsittlich berührt hätte. Leonhard hätte nichts weiter zu tun, als ihre Aussage zu bestätigen.

Leonhard fand, das ginge etwas zu weit. So etwas könne man doch nicht machen. Melania lachte:

„Das hat er verdient. Er ist ein Miesepeter! Komm schon – mach mit! Sei keine Spaßbremse!"

Als Leonhard noch zu bedenken gab, dass das kein Spaß mehr sei, umschmeichelte sie ihn und meinte, dies sei ein gemeinsames Erlebnis, das sie beide nur noch fester zusammenschweißen würde. Dabei schmiegte sie sich eng an ihn und sah ihm tief in die Augen.

Leonhard gab nach. Der weiblichen Überzeugungskraft Melanias war er nicht gewachsen.

Melania zog ihr Ding durch und der Fall landete vor der Gleichstellungsbeauftragten. Herrn Marankowitz drohte die fristlose Kündigung und eine Anklage wegen sexueller Belästigung. Auch Leonhard, den Melania als Zeugen benannt hatte, sollte gehört werden.

Bei der Befragung schlief er ein.

Er sah Bianca in die Augen. Die Hochzeitsvorbereitungen liefen auf Hochtouren, Das halbe Königreich war eingeladen. Leonhard freute sich darauf, dachte aber auch an Melania. Er fragte Bianca nach den Details, stellte aber fest, dass sie nichts darüber wusste. Offenbar war sie gewohnt, dass man ihr alle Entscheidungen abnahm.

Was für ein Gegensatz zu Melania bei aller äußeren Ähnlichkeit! Melania setzte ihren Kopf durch, egal, ob sie im Recht war oder nicht. Bianca dagegen wollte immer das Gute, wurde aber selten aktiv. Leonhard dachte bei sich:

„Eine Mischung von beiden wäre doch ideal."

Während er darüber nachdachte, schlief er ein.

Er lag auf der Couch der Gleichstellungsbeauftragten. Sie bemerkte sein Erwachen und wollte wissen, ob sie ihn jetzt befragen dürfe.

Leonard lehnte ab: Er fühle sich noch benommen. Vielleicht ein anderes Mal …

Er ging ins Büro zurück und schlief schließlich bei der Arbeit ein.

Wieder saß Bianca neben seinem Bett. Zu ihm in sein Bett hatte sie sich noch nie gelegt und zärtlich berührt hatte er sie auch noch nicht. Das wäre in dieser Welt vor der Hochzeit nicht erlaubt gewesen.

Diesmal schlief er in seinem Bett ein.

Er wachte mit dem Kopf auf dem Schreibtisch auf. Ein Kollege hatte ihn geschüttelt und scherzte:

„Du hast dich ja schnell bei uns eingearbeitet! Nur weiter so!"

Leonhard erklärte sein Handicap und fragte bei der Gelegenheit:

„Wie viele Leute arbeiten eigentlich in unserer Abteilung?"

„Ungefähr die Hälfte", antwortete der Kollege lachend. So ein Pech! Leonhard musste auch lachen und jegliches Lachen löste bei ihm einen Schlafanfall aus. Er schlief ein. Aber diesmal wurde er sofort unsanft von dem Kollegen zurückgeholt und ging wieder an die Arbeit.

Am Abend hatte er sich mit Melania noch einmal bei der Gleichstellungsbeauftragten, Frau Leutinger, einzufinden. Auch Herr Marankowitz war anwesend.

Diesmal machte Leonhard seine Aussage. Allerdings, ohne Herrn Marankowitz hereinzureiten, wie es eigentlich geplant war.

Er erzählte, dass Herr Marankowitz einen Stapel Akten unter dem Arm gehabt hätte und damit Melania, als er hinter ihr stand, versehentlich gestreift hätte. Er hätte es selbst gar nicht bemerkt, aber Melania hätte es für eine absichtliche Berührung gehalten.

Frau Leutinger fragte Herrn Marankowitz, ob er die Darstellung bestätigen könne. Der erkannte seine Chance, aus der peinlichen Angelegenheit herauszukommen, und gab an, dass es sich so zugetragen haben könnte.

Frau Leutinger wandte sich an Melania und wollte wissen, ob sie sich diese Möglichkeit vorstellen könne. Melania sah ohne ihren Zeugen ihre Felle davonschwimmen und akzeptierte den Kompromiss.

Nach der Sitzung sprach Leonhard mit Melania. Er musste sie nun noch besänfti-

gen und erklärte ihr, dass Herr Marankowitz doch wahrlich genug gelitten hätte.
Mehr wäre nicht nötig gewesen.

Melania schmollte noch ein wenig und
gab zu bedenken:

„Du bist einfach zu gutmütig."

Leonhard lächelte:

„Wahrscheinlich."

Dann lud er sie zum Abendessen ein. Sie
sagte zu und sie versöhnten sich.

Als er sie zurückbrachte, lud sie ihn
noch in ihre Wohnung ein. Sie knüpften an
ihren ersten Kuss an, machten es sich ge-
mütlich und knutschten schließlich sogar
ein bisschen herum. Es entwickelte sich
vielversprechend, bis Leonhard plötzlich
einschlief.

Er stand neben Bianca vor dem Traual-
tar. Als er „Ja" sagen sollte, schlief er wieder ein.

Er wachte bei Melania auf. An diesem Tag sollte er Melanias Eltern kennenlernen. Sie trafen sich zu viert und waren sich sympathisch. Zu dumm, dass Leonhard mitten im Gespräch einschlief.

Er fand sich in der Kirche mit Bianca wieder. Die Trauzeremonie wurde wiederholt. Diesmal sagte er „Ja" und Bianca ebenso. Die Feier war berauschend. Schließlich zog sich das frisch vermählte Paar in das Schlafgemach zurück, um die Ehe zu vollziehen.

Gerade wollte er sie zum Ehebett führen, als sie lachte und ihn fragte:

„Hast du nicht was vergessen?"

Leonhard stammelte:

„Ich wüsste nicht, was."

Bianca erklärte es ihm:

„Den Schlüssel zu meinem Keuschheitsgürtel! Ich werde ihn dir jetzt übergeben."

Mit diesen Worten ging sie zu einer Truhe und holte den Schlüssel hervor.

„Hiermit übergebe ich dir den Schlüssel zu meiner Unschuld", sprach sie feierlich, während sie ihn ihm überreichte.

Leonhard nahm ihn dankend an und versuchte, das Schloss zu öffnen. Es wollte nicht so recht gelingen. Er fragte:

„Ist das auch der richtige Schlüssel?"

„Ja, natürlich."

Ihm fiel der alte Witz von dem Kreuzritter ein, der bei der Abreise seinem Freund den Schlüssel zum Keuschheitsgürtel seiner Frau zur Aufbewahrung gab. Kaum war er weg, kam sein Freund ihm nachgerannt und rief, dass es der falsche Schlüssel sei. Er erzählte Bianca den Witz und diese versicherte ihm, dass sie nur diesen einen Schlüssel hätte. Das Schloss wäre wohl nur ein wenig eingerostet.

Das beruhigte Leonhard, der nun noch etwas wissen wollte:

„Trägst du den Gürtel eigentlich rund um die Uhr?"

Bianca lachte:

„Wo denkst du hin? Das wäre doch un-appetitlich, nicht wahr?"

„Ja, aber hast du ihn dann nur für die Hochzeitsnacht angelegt? Warum das?"

„Das soll die Vorfreude steigern. Funktioniert es?"

„Und wie es funktioniert! Ich kann es kaum erwarten."

Dann hatte er es endlich geschafft, das Schloss zu öffnen, und sie konnten ins Bett steigen.

Jetzt konnte es losgehen. Der Bräutigam beugte sich zur Braut hinüber und – schlief ein.

Leonhard saß mit Melania auf dem Sofa. Er war aufgewacht und sie sprachen über ihre Zukunft. Er glaubte, ihr beichten zu müssen, dass er in seinen Träumen bereits mit ihrem anderen Ich verheiratet sei, mit Bianca. Melania lachte:

„Wenn es in deinen Träumen klappt, dann sollten wir es auch im wirklichen Leben tun!"

Leonhard bekannte:

„Das hätte ich mir auch gewünscht. Ich wusste nur nicht, ob du schon so weit warst. Ich liebe dich."

Melania erwiderte:

„Ich liebe dich auch. Und: Ja, ich bin so weit."

Damit war das besiegelt. Leonhard hatte schon auf diesen Augenblick gewartet. Er langte in seine Hosentasche und zog etwas heraus, ohne es Melania zu zeigen. Dann verkündete er:

„Wenn du errätst, wie viele Gegenstände ich in meiner Hand halte, darfst du sie dir beide ansehen."

Melania lachte:

„Ich bin nicht gut in so etwas, aber ich tippe mal auf zwei."

„Richtig!", stimmte Leonhard in ihr Lachen ein und zeigte ihr die Trauringe. „Vorbereitet sind wir schon."

Melania küsste ihn und sie umarmten sich. Es wurde mehr daraus, sie liebkosten sich ausgiebig und wechselten ins Bett. Kaum waren sie dort, schlief Leonhard ein.

Er wachte im Hochzeitsbett mit Bianca auf und war verwirrt. War das nun Melania oder Bianca?

„Wo bin ich?", stammelte er.

„Bei mir", lachte Bianca. „Dies ist unsere Hochzeitsnacht!"

„Ach so" brachte Leonhard nur noch hervor. Dann war er wieder eingeschlafen.

Melania sah ihn vorwurfsvoll an und neckte ihn:

„Du musstest doch nicht gerade in so einer Situation einschlafen. Gut, dass du wieder da bist. Jetzt bleib wach!"

Und schon war er wieder eingeschlafen.

Da sah wieder Bianca ihn vorwurfsvoll an und meinte:

„Du musst doch nicht ausgerechnet in unserer Hochzeitsnacht einschlafen!"

„Entschuldige mich!", schrie Leonhard und rannte hinaus. Er hielt es nicht mehr aus, rannte aus dem Schloss hinaus, rannte in den Wald und rannte immer weiter.

Der Pierrot

Er lief und lief und lief. Befand er sich noch in der Fantasiewelt? Tag und Nacht, Hell und Dunkel hatten sich zu einem Zwielicht vermischt. Alles lag in einem grauen Nebel. Er stolperte blindlings vorwärts.

Da sah er das Einhorn. Es stand auf einer Lichtung des Waldes im Nebel und sprach zu ihm:

„Komm zu mir! Ich kann dir helfen."

Es sprach mit Biancas Stimme, die gleichzeitig auch Melanias Stimme war. Leonhard trat heran und das Einhorn forderte ihn auf:

„Steig auf meinen Rücken! Ich werde dich tragen."

Leonhard folgte der Anweisung und das Einhorn galoppierte an. Es lief geradewegs in die dichtesten Nebelschwaden und Leonhard wusste nicht, ob sie sich noch auf dem Boden befanden oder abgehoben hatten.

Schließlich schienen sie in der Schwerelosigkeit zu schweben. Sie bewegten sich nicht mehr und Leonhard saß plötzlich auf Melania – oder war es Bianca? Er konnte sie nicht auseinanderhalten. Selbst die Haarfarbe half nicht: Das Haar war nunmehr schwarz mit blonden Strähnen.

„Wer bist du?", entfuhr es ihm spontan.

„Ich bin Melianca", antwortete die geheimnisvolle Frau.

„Das sagt mir nichts", wandte Leonhard ein. „Ich kenne Melania und Bianca und beide gleichen einander wie ein Ei dem anderen. Und auch dir gleichen sie. Was hat das zu bedeuten?"

„Ich bin die Synthese der beiden und ich biete dir ein Leben, das eine Synthese deines Wachzustandes und deiner Traumwelt ist. Willst du das?"

Das wäre die Erlösung aus der quälenden Doppelexistenz, in der Leonhard gefangen steckte. Trotzdem fühlte er, dass ein Grau als Synthese zwischen Schwarz und

Weiß nicht die Lösung war, die er sich wünschte. Grau war langweilig, war nicht das wahre Leben! Er wollte ein normales Leben mit Melania haben, wollte sich mit ihr auseinandersetzen, wollte sie lieben. Er erklärte es Melianca.

Diese sah ihn lange traurig an. Dann löste sie sich langsam auf und wurde eins mit dem Nebel.

Leonhard war allein im Nichts.

Nun kam ein Pierrot herangeschwebt, eine dieser schwarz-weiß gemusterten melancholischen Clownsfiguren in weiten Gewändern, die im französischen Theater oft als Pantomimen auftraten. Hier jedoch wechselte der Pierrot zwischen Pantomime und Monolog. Das Eine verstärkte das Andere.

Der Pierrot positionierte sich vor Leonhard, tat, als ob er eine unsichtbare Schiebetür zu Seite schöbe, und sprach zu ihm:

„Du hast schon recht: Man kann sich die Liebe seines Lebens nicht zurechtbasteln. Sie ist, wie sie ist, packt einen und zieht einen in ihren Bann. Bei dir war es Melania, die dich verzaubert hat. Wenn man liebt, liebt man den anderen mit all seinen Stärken und Schwächen."

Verschmitzt betrachtete der Pierrot Leonhard, verschränkte seine Finger miteinander und erklärte weiter:

„Du hattest mit Bianca einen komplementären Menschen zum Vergleich und du hast erkannt, dass du das Original wolltest. Damit hast du gut gewählt. Nun kommt es darauf an, mit Melania zurechtzukommen. Wenn du Glück hast, wachst ihr beide dadurch zusammen."

Er sah verträumt ins Leere und fuhr fort:

„Das macht doch letztlich die Liebe aus: Zeit miteinander verbracht zu haben. Die spontane Anziehungskraft zwischen zwei Menschen setzt alles in Gang, aber sie ist flüchtig. Sich gegenseitig grenzenlos zu vertrauen und dieses Vertrauen nicht zu enttäuschen, das ist die wahre Basis der Liebe. Das Begehren weicht einer Verbundenheit. Der Liebende sieht sich und die geliebte Person als eine Einheit. So entsteht eine Seelenverwandtschaft. Du hast das schon erfahren und gelernt, aus der Seele deiner Geliebten heraus zu denken. Du solltest deinen Weg weitergehen. Wegen der Hindernisse brauchst du nicht zu verzweifeln. Ich will dir helfen."

Dann beschrieb er mit seinen Armen einen weiten Kreis und lächelte Leonhard mit den Worten an:

„Wie du dir schon gedacht haben wirst, bin ich kein Mensch. Ich bin der Wächter dieser Zwischenwelt und ich habe die Macht, dir deinen Wunsch zu erfüllen. Folge mir!"

Und er breitete die Arme aus und flog davon. Leonhard tat es ihm gleich und folgte ihm. Anscheinend konnte er hier fliegen! Sie schienen beide körperlos zu sein, flogen durch die Wände und landeten lautlos in Melanias Wohnung. Melania konnte sie nicht bemerken. Sie lag in ihrem Bett neben Leonhards schlafendem Köper und schien den Tränen nahe.

„Sie kann uns nicht sehen und nicht hören", erläuterte der Pierrot. Mit bedeutungsvollem Blick sinnierte er:

„Sieh nur, wie traurig sie aussieht! Willst du wirklich ihre Traurigkeit mit ihr teilen?"

Leonhard nickte:

„Ja, das will ich. Sie ist meinetwegen traurig und ich muss zu ihr, um sie zu trösten. Außerdem: Das ganze Leben ist traurig, nicht wahr? Und doch kann es so schön sein, wenn man es gemeinsam durchschreitet."

„Gut!", stellte der Pierrot fest. „Wieder hast du recht. Dann soll es so sein. Du wirst in deine Welt zurückkehren und wirst von deiner Narkolepsie geheilt sein. Alles Gute!"

Das war kurz und knapp. Sprach's, vollführte eine verwischende Geste und verschwand. Leonhard befand sich plötzlich wieder in seinem Körper, der gerade in Melanias Bett erwachte.

„Leonhard!", rief Melania glücklich. „Du bist wieder wach!"

Leonhard antwortete:

„Ja, und ich werde jetzt lange wach bleiben. Meine Krankheit ist geheilt."

„Wie kommt es dazu?"

„Das ist eine lange Geschichte, aber ich werde sie dir erzählen. Wir haben genug Zeit."

So setzten sie sich gemeinsam im Bett auf und Leonhard erzählte Melania die ganze Geschichte. Melania konnte das meiste nicht glauben, aber nachdem sie die Geschehnisse lange diskutiert hatten und dann auch noch herumgeknutscht hatten, ohne dass er eingeschlafen wäre, musste sie zugeben, dass wohl doch irgendetwas daran sein musste. Da er nicht eingeschlafen war, musste Leonhard tatsächlich geheilt sein und dann stimmte wohl auch die ganze Geschichte.

Natürlich gab es auch noch die nicht ganz fern liegende Möglichkeit, dass die Impfung Leonhard geheilt hatte und nicht der Pierrot. Manchmal spielt einem ja das Unterbewusstsein einen Streich, indem es einen Traum entstehen lässt, der das zu erklären scheint, was in der Realität wirklich geschieht. Andererseits fühlte sich die andere Welt nicht wie ein Traum an.

Letztlich war es müßig, sich darüber Gedanken zu machen, wie es zur Heilung gekommen war. Er war geheilt. Das allein zählte. Einem geschenkten Gaul schaut man nicht ins Maul.

Sie machten ihre Pläne wahr und bereiteten ihre Hochzeit vor.

Für ihre Hochzeitsnacht schlug Leonhard Melania vor, ihr einen Keuschheitsgürtel zu kaufen. Offenbar hatte ihm so ein Ding an Bianca gefallen. Inzwischen hatte er sich erkundigt: In Sex-Shops gab es so etwas auch in ihrer Welt.

Melania schien nicht so begeistert zu sein:

„Also, hör mal: Genüge ich dir nicht, wie ich bin? Auf Sex-Spielzeug stehe ich eigentlich nicht so."

„Natürlich nicht", grinste Leonhard und erklärte ihr, was ihn belustigte. „Du kannst nicht darauf stehen. Es geht nämlich nicht, dass du auf etwas stehst. Auf etwas stehen können nur Männer. Es bedeutet genau genommen, dass sie beim Gedanken an diese Sache oder Person einen Ständer bekommen. Frauen haben das nicht: solch einen unbestechlichen Indikator für ihr Wohlgefallen."

„Ach so", wunderte sich Melania. „Ich dachte, es wäre einfach nur so eine Redewendung."

„Ist es ja auch inzwischen. Dazu ist es mit der Zeit geworden. Ich find's trotzdem lustig, wenn eine Frau es sagt. Und natürlich hast du recht: Das mit dem Keuschheitsgürtel vergessen wir. Es war nur eine Erinnerung an meinen Traum."

Damit war das Thema erledigt und Melania ließ ihre Hand in seine Hose gleiten.

„Oh-oh-oh", keuchte Leonhard. „Darauf stehe ich nun wirklich – wie du wohl spüren kannst."

Ja, sie spürte es und machte weiter. Er befummelte sie nun ebenfalls und sie kamen beide in Fahrt.

Schluss

Bevor sie heirateten, konvertierte Melania zum Katholizismus, weil sie spürte, wie wichtig Leonhard seine katholische Religion war. Außerdem hatte sie Lust auf eine kirchliche Trauung mit all dem Pomp. Das sollte ihr noch leidtun – nein, nicht die Hochzeit selbst, sondern der Wunsch nach einer großen Feier! Es gab diese Feier tatsächlich und sie brachte nur Stress und Hektik. Alle waren furchtbar genervt und gaben das gegenseitig weiter.

Das Brautpaar brachte den Rummel irgendwie hinter sich und floh. Sie gingen auf Hochzeitsreise, fuhren mit dem Campingmobil nach Schweden hoch in den Norden.

Da sie gern mal einen Schlummertrunk nahmen und Alkohol in Schweden sehr teuer war, schmuggelten sie für den eigenen Bedarf ein paar Flaschen in ihrem Reisegepäck mit ins Land. Leonhard wollte das erst nicht riskieren. Er meinte, man müsse sich an die Gesetze halten. Schließlich hieße es in der Bibel: „Gebt dem Kaiser, was des Kaisers ist!"

Melania kannte den Ausspruch. Sie war bei ihrem Kircheneintritt gut im Glauben unterwiesen worden und betrachtete sich als einigermaßen bibelfest. Allerdings liebte sie das Risiko und wollte schmuggeln. Also konterte sie: Das habe Jesus nur gesagt, weil man versucht hätte, ihn hereinzulegen. Im Grunde wäre es ihm völlig egal gewesen.

Leonhard gab widerwillig nach und schwitzte Blut und Wasser bei der Grenzkontrolle. Letztlich hatten sie Glück und wurden nicht erwischt.

Sie campten in der Wildnis und genossen gemeinsam die Einheit mit der Natur. Leonard erlebte Augenblicke, in denen er sich eingestehen musste, vollkommen glücklich zu sein. Er speicherte diese Momente für die Ewigkeit.

Seine Narkolepsie kehrte nie wieder zurück. Dafür litt er seit seiner Rückkehr aus Skandinavien unter Schlaflosigkeit. Er ertrug das gern, wenn er daran dachte, worunter er vorher gelitten hatte. Schlafmittel würde er jedenfalls nicht nehmen.

Oft hatte er sich später gefragt, was aus Bianca geworden war. Im normalen Schlaf war er nie wieder in jene andere Welt zurückgekehrt. War diese andere Welt überhaupt real? Wenn es sich um eine Traumwelt handelte, dürfte sie nur existieren, wenn er in ihr weilte. Andererseits hatte er seinerzeit die Erfahrung gemacht, dass die Zeit dort auch während seiner Abwesenheit weiter verging. Dann müsste diese Welt immer noch existieren.

Um Neues von Bianca zu erfahren, müsste er dorthin zurückkehren. Ohne Narkolepsie würde das nie geschehen – das war ihm klar – und unter Narkolepsie wollte er nie wieder leiden. Wenn er dann aber – und das folgte ja daraus – nie wieder dorthin zurückkehren würde, erhöbe sich die Frage, ob Bianca überhaupt noch existierte.

Er erhielt eine Antwort. Es geschah viele Jahre später, dass ihm in einem normalen Traum Bianca erschien. Dies war kein luzider Traum wie der in der Narkolepsie. Er wechselte nicht die Welt, ja, jene andere Welt tauchte in seinem Traum überhaupt nicht auf.

In diesem Traum konnte er nur passiv zusehen und zuhören. Bianca erschien, sah ihn zärtlich an und erzählte ihm, dass mit dem Ende seiner Narkolepsie auch ihre Welt verschwunden sei. Auch sie selbst existiere nicht mehr:

„Meine Welt gibt es nicht. Auch mich gibt es nicht. Ich bin nur ein Traumbild."

Sie sei in seinen Traum zurückgekehrt, um ihm mitzuteilen, dass er sich keine Gedanken über sie zu machen brauche. Diese Welt, die er besucht hätte, wäre seinerzeit nur für ihn entstanden und hätte keinen anderen Sinn gehabt, als sein damaliges Leben zu ergänzen. Mit der Heilung von der Narkolepsie wäre sie überflüssig ge-

worden. Sie freue sich, dass er jetzt glücklich sei.

Als Leonhard erwachte, sah er Melania
neben sich schlafen und fühlte sich wohl.
Er schloss noch einmal die Augen und kos-
tete den Augenblick aus. „Wie gut sich alles gefügt hatte!", dachte er bei sich. Er leb-
te mit der Frau, die er liebte und hatte seine
Krankheit überwunden. Wenn er Bianca
auch manchmal vermisste, so musste er
sich doch eingestehen, dass es besser so
war, wie es sich nun ergeben hatte. Dass es
so war, dafür war er dankbar und wünschte sich, dass es immer so bliebe.